Quomodo Invidiosulus nomine Grinchus Christi natalem abrogaverit

QUOMODO INVIDIOSULUS NOMINE GRINCHUS CHRISTI NATALEM ABROGAVERIT

QUI LIBELLUS EST
A **DOCTORE SEUSS**
PRIMO ANGLICE COMPOSITUS,

AT NUNC
(QUOD VIX CREDAS)
IN SERMONEM LATINUM
A **GUENEVERA TUNBERG**
(IUVANTE **TERENTIO TUNBERG**)
CONVERSUS!

BY
Dr. Seuss

BOLCHAZY-CARDUCCI PUBLISHERS, INC. WAUCONDA, ILLINOIS

This publication was made possible by
PEGASUS LIMITED.

Editors
Georgine G. Cooper
Laurie K. Haight

Typography & Design
Charlene M. Hernandez

Published by
Bolchazy-Carducci Publishers, Inc.
1000 Brown Street, Unit 101
Wauconda, Illinois 60084
http://www.bolchazy.com

Printed in the United States
1999
by Worzalla

Library of Congress Cataloging-in-Publication Data

Seuss, Dr.
    [How the Grinch stole Christmas. Latin]
    Quomodo invidiosulus nomine Grinchus Christi Natalem abrogaverit /
by Dr. Seuss ; translated by Jennifer Morrish Tunberg, with Terence
O. Tunberg.
    p.   cm.
    Summary: The Grinch tries to stop Christmas from arriving by
stealing all the presents and food from the village, but much to his
surprise it comes anyway.
    ISBN 0-86516-419-3 (hardcover : alk. paper). – ISBN 0-86516-420-7
(pbk. : alk. paper)
    1. Christmas stories, American--Translations into Latin.
[1. Christmas--Fiction. 2. Latin language materials.] I. Title.
PZ90.L3S48 1998
[Fic]--dc21

                        98-23150
                          CIP
                          AC

*L*aet*uli* *Laet*opoli florentes

festo Christi natalicio

valde delectati sunt omnes ad unum...

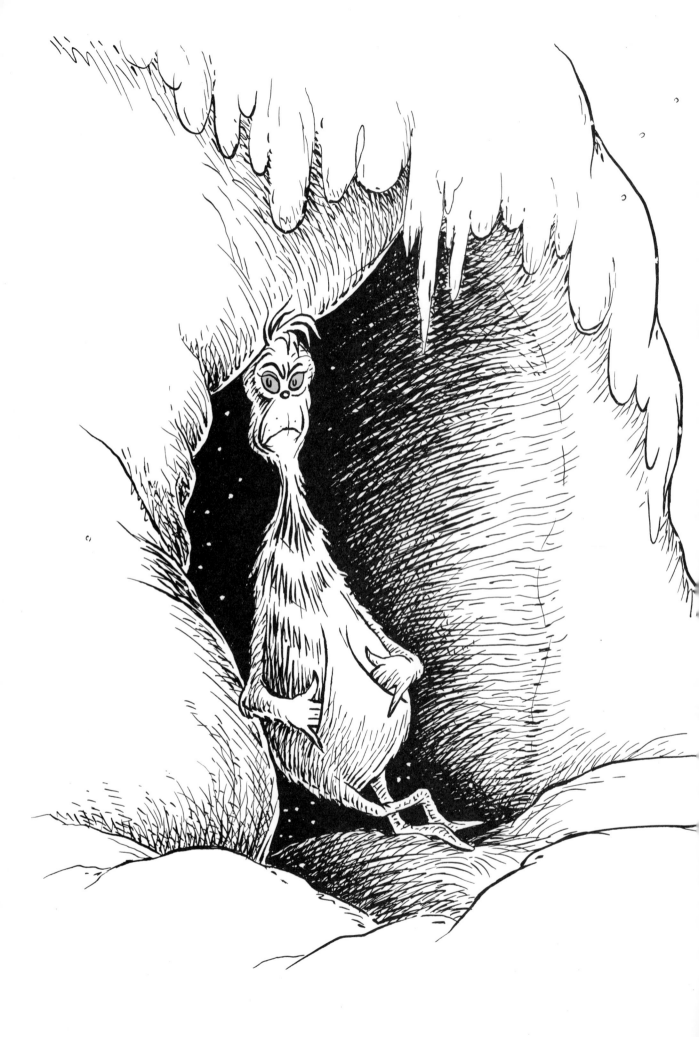

At, pro dolor! in loco haud longe *Laeto*poli

ad septentriones sito habitabat

invidiosulus quidam, nomine Grinchus, qui festum illud

OMNINO VEHEMENTERQUE RESPUEBAT.

Non tantum dies ipse sed etiam tempora omnia quae Christi natalem

aut antecedebant aut sequebantur invidiosulo nostro *odio* erant *maximo*.

Age nunc, amabo, noli me rogare quare Grinchus ille tali modo

se gesserit. Nemo pro certo consuetudinis eius causam scit.

Fortasse mentis haud omnino erat compos!

Fortasse calceamentis vexabatur angustissimis,

quibus pedes eius crudeliter cruciabantur!

Quis sciat? Sed, nisi fallor,

verisimile est invidiosulo nostro cor fuisse plumbeum.

Sed

utut res ipsa sese habebat,

sive corde aegro sive calceamentis invidiosulus magis afflictabatur

domi Christi natalis pridie manebat inimicitia erga *Laet*ulos incensus.

E spelunca tenebrosa in qua domicilium habebat exile,

invidiosulus noster fronte malitiose contracta

*Laet*opolim infra sitam conspexit,

ubi splendebant multae fenestrae lucernis lucentibus luminatae.

Sat bene intellexit Grinchus noster omnes illic *Laet*ulos

in sertis visci suspendendis tunc diligenter ac sedulo versari.

Tum fremens invidiosulus, "ei mihi," inquit, "tibialia suspendunt.

Cras, certo certius, Christi natalis adveniet. Fere iam adest."

Occupat animum quaedam trepidatio: denuo fremit, denuo gannit.

"Procul omni dubio," inquit, "me OPORTET dolum quendam excogitare

quo Christi natalis prorsus abrogetur."

Nam

agnoverat Grinchus ille...

LÆTAMINI LÆTAMINI

...fore ut prima luce puellulae puellique omnes *Laet*opolitani excitarentur, nec ulla mora ad ludicra crepundiaque accipienda festinarent. *Tum*—di immortales!—qui sonitus! Qui strepitus! Qui crepitus! Quales stridores fragoresque! Turbam tam tumultuosam et clamosam invidiosulus noster *ante omnia* odit, spernit, aspernatur.

Absint STREPITUS, CREPITUS, STRIDOR, FRAGORQUE!

Et quid post stridores et tumultus? Rerum seriem haud coniectura,

sed luce clarius perspicere potuit invidiosulus totam:

*Laet*ulos iuvenes veteresque omnes ad unum ad mensam sessuros;

se ipsos *saginis sumptuosis saginaturos;*

TOTUM PER DIEM

et AD MULTAM NOCTEM

erneum esculentum carnemque semi-coctam

AVIDE CONSUMPTUROS.

Quae omnia quantopere perhorruit Grinchus!

At quae POSTEA
facere solebant *Laet*uli,
haec invidiosulo quam maxime displicebant.
Iunctis enim manibus stabant arte stipati *Laet*opolitani,
tintinnabulisque festis festive tinnientibus
mela et modos modulabantur!

Multum diuque concentus mirabilis—qui strepitus!

qui tumultus!—e vocibus una sonantibus emanare solebat.

REBOANT prata, REBOANT agri, REBOANT astra, REBOANT poli!

Quo *Laet*ulos laudes Christi natalicias canentes diutius erat contemplatus,

eo festum ipsum abrogare vehementius cupiebat. Conquerens Grinchus,

"Annum tertium et quinquagesimum," inquit, "haec omnia patior;

et hoc anno FINEM his festis molestissimis IMPONAM!

...At *quomodo* hoc efficiam?"

Tunc subito consilium cepit,
novam inivit *rationem*
INVIDIOSULUS ILLE
VERSUTUS ATQUE ASTUTUS.

Subridens, "Ehem, *optume!*" inquit, "In proclivi sunt omnia!"

Amiculum cucullumque cito suit vestimentis

quae gerere solebat Sanctus Nicholaus haud absimilia.

Tunc ridibundus, "Quantum dolum," inquit, "moliar ingenio meo dignissimum.

Nam hoc indutus cucullo amiculoque sum Sancti Nicholai ipsius instar.

At mihi opus est tarandro..."

His dictis circumspexit ut talem bestiam inveniret,

sed frustra, quia tarandri apud eum erant nulli.

Haecine tarandrorum egestas invidiosulo nostro incommodavit...?

Nequaquam! Constituit enim *fingere* illam bestiam quam *invenire* nequivit.

Protinus arcessivit canem suum cui nomen erat Maxentio

atque capiti canino cornu tarandrinum filo rubro annexuit!

TUNC

quosdam saccos

tritos vacuosque

trahae paene-ruinosae imposuit,

Maxentiumque comitem vehiculo coniunxit.

Grinchus ille traham gubernare paratus,

"Perge nunc Maxenti!" inquit.

Maxentius morigerulus (misellus!) vehem onustam

per declivitatem *Laet*opolim versus trahere coepit:

quo in oppidulo *Laet*uli somno pingui plenoque premebantur.

Quid in oppido agebatur? Ecce omnia tranquilla, omnia quieta!

Fenestrae obscurae! Candelae exstinctae!

Nives in auris fluitabant, cives in lectis somniabant,

cum advectus est Grinchus noster ad primam casulam in area sitam.

Subridens Maxentioque susurrans, "Hic," inquit, "me oportet primulum consis

Tunc saccis vacuis instructus in tectum ascendit,

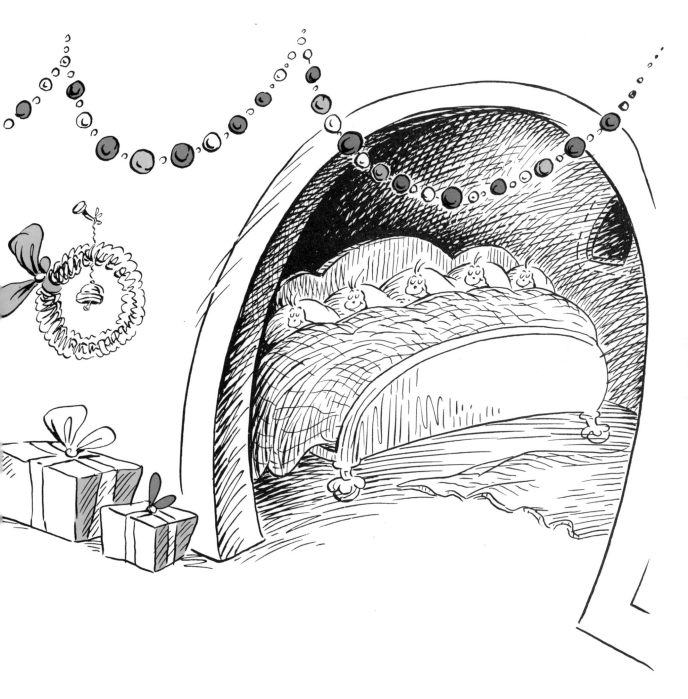

instarque Sancti Nicolai deorsum in casulam fumariolo descendit.

Semel quidem ob fumarioli angustias,

at vix momento temporis haesit Grinchus.

Deinde caput suum e fumarioli camino extrusit,

ubi statim aspexit parvula tibialia ordine pendentia,

praedas aptissimas quae *primae* caperentur!

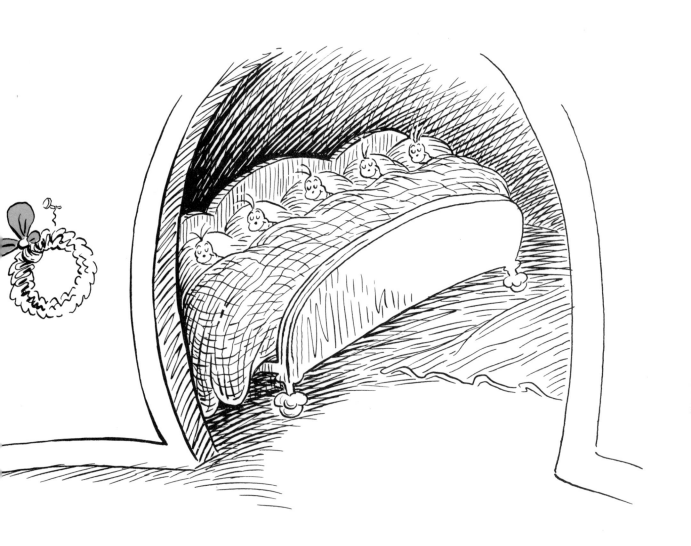

Invidiosulus ille conclave clandestine lustravit totum.

Subrisit ille, subrisit odiose.

Dona omnia, munera omnia, apophoreta omnia—

sclopeta lusoria, birotas, trirotas, pedirotas, tympana,

abacos latruncularios, maizia inflata, pruna

in saccos condidit quorum unum quemque

sursum per fumariolum trusit Grinchus sollers.

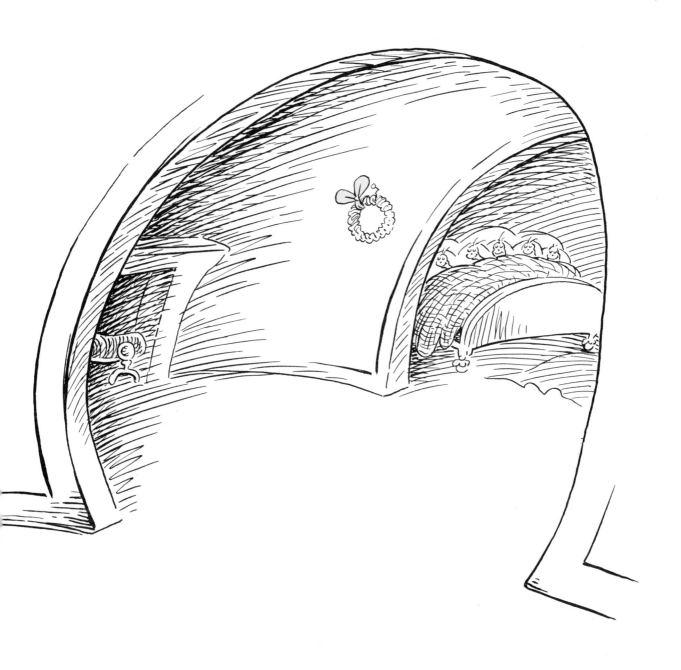

Tum ad armarium frigidarium furtim aggressus,

epulas *Laet*ulis destinatas abstulit. Abstulit erneum. Abstulit assum.

Ne micam quidem reliquit sed cibos festinanter diripuit

omnes ab ovis usque ad mala!

Postquam cibos per fumariolum deportandos curavit,

ad IPSAM ARBOREM NATALICIAM surripiendam accessit.

Itaque arborem prehensam in fumariolum infarciebat, cum subito
parvulum audivit suspirium, quale palumbes aliquando solent emittere.
Cito se retorsit et ecce! Adest *Laetitia Laetula*;
puellula haud plus duos annos nata.

Cum e lecto surrexisset aquae pocillum gelidae quaesitum,

invidiosulum nostrum negotiis nefandis occupatum offendit.

Stupens illa, "Sancte," inquit,

"*quare*, quaeso, rapis arborem festam?"

At Grinchus versutus et in fraude exercitatus

mendacium protinus excogitavit.

Nulla mora dixit

lucernulam quandam in arbore natalicia positam accendi non posse;

se ipsum et arborem et lucernulam ad officinam suam *rapturum*

ubi lucernam reficeret; et postea se omnia resarta *reportaturum*.

Mentienti credidit puellula credula, cuius caput Grinchus
perfidus permulsit. Postquam *Laet*itiae pocillum aqua plenum dedit,
persuasit puellae ut cubitum rediret.
Tunc ILLE ad fumariolum statim acceleravit
per quod sursum arborem festam trusit!

Praedis omnibus sic raptis,

ligna in foco posita *ad postremum* abstulit.

Tandem se ipsum per fumariolum recepit Grinchus

fraudulentus, fallax, falsiloquus,

nec quidquam reliquit nisi filum hamosque

qui, picturis sublatis, in parietibus remanserunt.

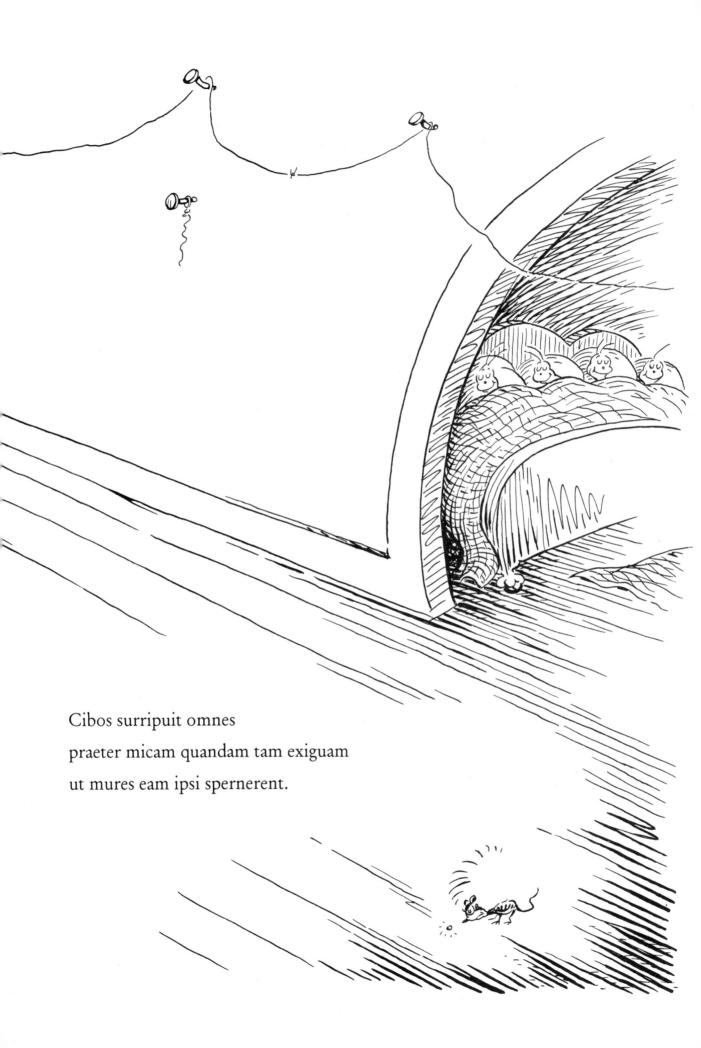

Cibos surripuit omnes
praeter micam quandam tam exiguam
ut mures eam ipsi spernerent.

RAPINAM eiusmodi
totam per urbem *Laeto*politanam
invidiosulus fecit

—*rapinam* scelestam,
rapinam atrocem,
rapinam crudelem!

Laboribus nocturnis tandem perfectis

Grinchus ille prima luce in traham condit spolia.

Quae munera! Quae tegumenta! Quales taenias! Quae ornamenta!

Haec omnia cepit invidiosulus,

haec omnia *Laet*opolitanis quondam destinata,

qui somno somniisque sopiti commodis in lectulis inscii dormiunt.

Grinchus noster traha onustissima montem ascendit immensum,

in verticem tria milia pedum altum.

Invidiosulo malevolo montivagoque nunc est propositum

exuvias omnes *Laet*ulis raptas summo de fastigio deicere.

Maxentio coram misero malefactor molestissimus canens impudenter,

"*Laet*ulorum," inquit, "medullitus misereor ego!

Tandem, pro dolor! expergisci coeperunt.

Iam iam intelligent *Laet*uli miselli natalem Christi

hoc anno futurum esse nullum!

Si per te mihi licuerit, Maxenti mi amice, eventum nunc vaticinabor.

Primulum elingues oribus hiantibus *Laet*uli obmutescent tacebuntque omnes

—silentium erit aureum, mea quidem sententia,

quod omni canentium sonitui praeoptem!

At deinde ULULABUNT, FLEBUNT, PLORABUNT!

Haec melodia mi PLACEBIT,

haec mi cordi erit!

Sic locutus invidiosulus *Laet*ulis lamentaturis aures praebet avidas.

Fere statim murmur quoddam e longinquo *est* exortum,

qui sonitus, ut Rumor ipse, parvus primo mox sese attollit in auras...

At neque Rumorem audivit,
neque *clamorem*, neque *plangorem*,
sed aliquid *LAETI*, aliquid *amabile*,
aliquid *jucundi*, aliquid *LAETABILE*.

De vertice montis in vallem deorsum despicit
Grinchus noster concentu obstupidus

ubi—mirabile dictu—omnes ad unum, maiores minoresque, senes iuvenesque, donis, muneribus, apophoretis ablatis, canunt, cantant, psallunt, cantillant!

Dies Christi natalicius PROCUL DUBIO ADVENERAT;
quem QUIN ADVENIRET
nullis dolis, nullis praestigiis impedire potuerat Grinchus!

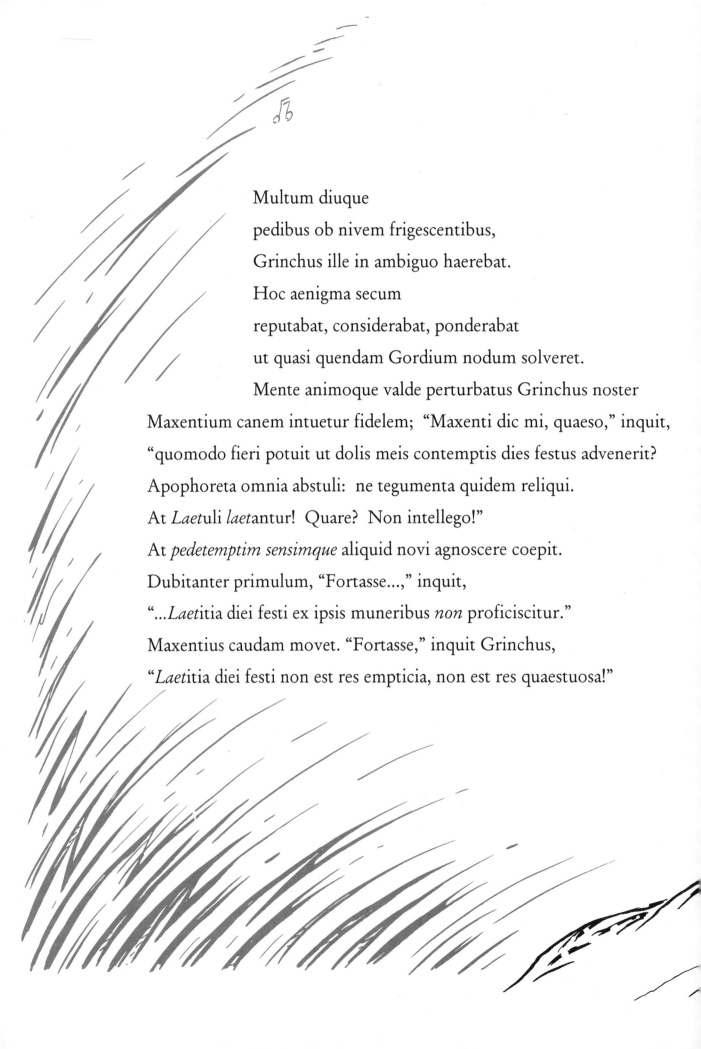

Multum diuque

pedibus ob nivem frigescentibus,

Grinchus ille in ambiguo haerebat.

Hoc aenigma secum

reputabat, considerabat, ponderabat

ut quasi quendam Gordium nodum solveret.

Mente animoque valde perturbatus Grinchus noster

Maxentium canem intuetur fidelem; "Maxenti dic mi, quaeso," inquit,

"quomodo fieri potuit ut dolis meis contemptis dies festus advenerit?

Apophoreta omnia abstuli: ne tegumenta quidem reliqui.

At *Laet*uli *laet*antur! Quare? Non intellego!"

At *pedetemptim sensimque* aliquid novi agnoscere coepit.

Dubitanter primulum, "Fortasse...," inquit,

"...*Laet*itia diei festi ex ipsis muneribus *non* proficiscitur."

Maxentius caudam movet. "Fortasse," inquit Grinchus,

"*Laet*itia diei festi non est res empticia, non est res quaestuosa!"

Quid *tunc*...?

Ut *Laet*uli ipsi dicere solent,

cor durissimum e quo Grinchus olim laborabat

est refectum, recreatum, resartum, restauratum.

Deinde Grinchus corde tenus sanatus,

traham bonis plenam quam celerrime *Laet*opolin gubernat.

Res lusorias epulasque secum libens apportat

et tunc...

...GRINCHUS carnem *laeti*or *Laet*ulis *lae*te secat!

VOCABULARY

A

ab from

abacus, -i, *m.* game-board; **abacus latruncularius** checkerboard

ablatis, *see* aufero, auferre

abrogo (1) to annul, repeal, abrogate

absimilis, -e + *dat.* unlike

abstuli, *see* aufero, auferre

abstulit, *see* aufero, auferre

absum, abesse, afui to be absent

ac, *see* atque

accelero (1) to hasten

accendi, *see* accendo (3)

accendo (3), -ndi, -nsum to light

accessit, *see* accedo (3)

accedo (3), -cessi, -cessum to go or come to; to approach

accipio (3), -cepi, -ceptum to take

ad to, toward; **ab ovis usque ad mala** from the eggs all the way to the apples, i.e., from the beginning of the feast to the end, completely; **ad mensam** at table; **ad postremum** finally, at last; **totum per diem et ad multam noctem** through the whole day and late into the night

adsum, adesse, adfui to be at or near; to be present

advectus, *see* adveho (3)

adveho (3), -xi, -ctum to carry, convey, bring

advenio (4), -veni, -ventum to come, arrive

aeger, -gra, -grum unwell, diseased, troubled

aenigma, aenigmatis, *n.* a riddle

afflicto (1) to trouble, harass, torment

ago (3), egi, actum to do; **age,** *imper.* come on

aggredior (3), aggressum to go to, approach

aggressus, *see* aggredior (3)

agnosco (3), -novi, -nitum to know, recognize, understand

agnoverat, *see* agnosco (3)

ager, -gri, *m.* field, countryside

aliquando sometimes

aliquis, aliquid some one, something

altus, -a, -um high

amabilis, -e lovely, amiable

amo (1) to love; **amabo,** *fut. indic.* please

ambiguum, -i, *n.* doubt, uncertainty

amicus, -i, *m.* friend

amiculum, -i, *n.* coat

angustiae, -arum, *f.* narrowness

angustus, -a, -um narrow

animus, -i, *m.* mind, heart

annecto, -ere, -nexui, -nexum to tie to

annexuit, *see* annecto (3)

annus, -i, *m.* year

ante, *prep.* before

antecedo (3), -cessi, -cessum to go before, precede

apophoreta, -orum, *n.* presents

apporto (1) to bring

aptus, -a, -um suitable, fit, appropriate, apt

apud at, with; **apud eum** with him, at his house

aqua, -ae, *f.* water

arbor, arboris, *f.* tree; **arbor festa/natalicia** Christmas tree

arcessivit, *see* arcesso (3)

arcesso (3), -ivi, -itum to call, summon

area, -ae, *f.* square

armarium, -i, *n.* chest, safe; **armarium frigidarium** refrigerator

artus, -a, -um narrow, close; **arte,** *adv.* closely

ascendo (3), -scendi, -scensum to climb

aspernor (1) to disdain, spurn, reject

aspexit, *see* aspicio (3)

aspicio (3), -spexi, -spectum to look at, see

assum, -i, *n.* roast

astrum, -i, *n.* star

astutus, -a, -um shrewd, cunning

at but

atque, ac and also, and

atrox, atrocis frightful, dreadful

attollo (3) to lift up

audio (4) to hear

aufero, auferre, abstuli, ablatum to take away, carry off

aura, -ae, *f.* a gentle breeze

aureus, -a, -um golden

auris, auris, *f.* ear

aut or; **aut . . . aut . . .** either . . . or

avidus, -a, -um eager; **avide,** *adv.* eagerly

B

bene, *see* bonus, -a, -um

bestia, -ae, *f.* a beast

birota, -ae, *f.* bicycle, two-wheeler

bonus, -a, -um good; **bona, -orum,** *n.* goods; **bene,** *adv.* well; **sat bene** well enough

C

calceamentum, -i, *n.* shoe

caminus, -i, *m.* furnace; flue (of the chimney)

candela, -ae, *f.* candle

canis, canis, *m./f.* dog

caninus, -a, -um of a dog, canine

cano (3), cecini, cantum to sing

cantillo (1) to sing low

canto (1) to sing

capio (3), cepi, captum take, seize, grasp; **consilium capere** to form a plan

caput, capitis, *n.* head

caro, carnis, *f.* meat

casula, -ae, *f.* little house

cauda, -ae, *f.* tail; **caudam movere** *(of a dog)* to wag its tail

causa, -ae, *f.* reason

celer, -eris, -e swift, quick; **quam celerrime** as quickly as possible

cepit, *see* capio (3)

certus, -a, -um resolved, determined, certain; **certo certius** certainly

Christus, -i, *m.* Christ; **festum Christi natalicium** Christmas

cibus, -i, *m.* food

circumspexit, *see* circumspicio (3)

circumspicio (3), -exi, -ectum to look around

cito, *see* citus, -a, -um

citus, -a, -um quick; **cito,** *adv.* quickly, swiftly

civis, civis, *m./f.* citizen

clamor, clamoris, *m.* a shout, cry

clamosus, -a, -um noisy

clandestinus, -a, -um secret; **clandestine,** *adv.* secretly, stealthily

clarus, -a, -um clear, manifest

coepio (3), coepi, coeptum to begin

comes, comitis, *m./f.* friend; **Maxentius comes** Old Max

commodus, -a, -um comfortable

compos, -otis having control over a thing; **compos mentis** mentally sound

concentus, -us, *m.* harmony

conclave, conclavis, *n.* room

condidit, *see* condo (3)

condo (3), -didi, -ditum to put away, put together
coniectura, -ae, *f.* conjecture, guess
coniungo (3), -nxi, -nctum to join
coniunxit, *see* coniungo (3)
conqueror (3), conquestum to complain, lament
considero (1) to contemplate, ponder
consilium, -ii, *n.* resolution; consilium capere to form a plan
consisto (3), -stiti, -stitum to stop
conspexit, *see* conspicio (3)
conspicio (3), -spexi, -spectum to look at
constituo (3), -ui, -utum to determine, decide
consuetudo, consuetudinis, *f.* custom, habit
consumo (3), -sumpsi, -sumptum to take, devour, consume
consumpturos, *see* consumo (3)
contemplor (1) to contemplate
contemno (3), -tempsi, -temptum to scorn
contemptis, *see* contemno (3)
contracta, *see* contraho (3)
contraho (3), -xi, -ctum to draw close or together, to contract
cor, cordis, *n.* heart; corde tenus as far as the heart; haec mi cordi erit this will please me
coram before
cornu, -us, *n.* horn
cras tomorrow
credidit, *see* credo (3)
credo (3), -didi, -ditum to believe
credulus, -a, -um trusting
crepitus, -us, *m.* noise, rustling, clashing, creaking, rattling
crepundia, -orum, *n.* toys
crucio (1) to torture, torment
crudelis, -e, cruel; crudeliter, *adv.* cruelly
cubitus, -us, *m.* bed; cubitum redire to go back to bed
cucullus, -i, *m.* hat, cap, hood
cum when
cupio (3), -ivi/-ii, -itum to desire
curo (1) to attend to

D

de from
declivitas, declivitatis, *f.* slope, declivity
dedit, *see* do (1)
deicio (3), -ieci, -iectum to throw down, cast down
deinde thereafter, thereupon, then, next in order
delecto (1) to please, delight
denuo again
deorsum downwards
deporto (1) to carry off, take away
descendo (3), -di, -sum to come down, to descend
despicio (3), -exi, -ectum to look down
destino (1) to destine
dictis, *see* dico (3)
dico (3), dixi, dictum to say, to tell; mirabile dictu wondrous to say
dictu, *see* dico (3)
dies, diei, *m.* day; totum per diem et ad multam noctem throughout the whole day and late into the night
dignus, -a, -um worthy
diligenter, carefully
diripio (3), -ui, -eptum to snatch away
diripuit, *see* diripio (3)
displiceo (2), -ui, -itum to displease
diu a long time; multum diuque a long time
dixit, *see* dico (3)
do (1), dedi, datum to give
dolor, doloris, *m.* pain, distress; pro dolor! alas, unfortunately!
dolus, -i, *m.* trick
domicilium, -ii, *n.* house
domus, -us, *f.* house; domi at home
donum, -i, *n.* gift

dormio (4) to sleep
dubius, -a, -um doubtful; procul dubio far from doubt, without doubt; procul omni dubio far from all doubt; without doub[t]
dubitanter hesitatingly, with hesititation
duo, duae, duo two
durus, -a, -um hard

E

e, *see* ex
ecce behold
efficio (3), -feci, -fectum to bring about, accomplish
egestas, egestatis, *f.* deficiency, need
ego, mei, mihi/mi, me, me, *first person pers. pronoun* I, of me, to/for me, me, me
ehem ah! Ehem optume! Ah! Great!
ei oh! ei mihi woe is me!
eiusmodi of such a kind
elinguis, -e speechless
emano (1) to arise, to issue
emitto (3), -misi, -missum to send forth; of a sound, to make
empticius, -a, -um purchased, bought
enim for
eo, *see* quo
epulae, -arum, *f.* a feast
erant, *see* sum, esse
erat, *see* sum, esse
erga towards
erit, *see* sum, esse
erneum, -i, *n.* pudding
esculentus, -a, -um delicious
esse, *see* sum, esse
est, *see* sum, esse
et and; et . . . et . . . both . . . and . . .
etiam also; non tantum . . . sed etiam . . . not only . . . but also . . .
eventus, -us, *m.* outcome, result
ex, e from, out of; on account of, because of
excito (1) to rouse, wake up
excogito (1) to devise
exercito (1) to exercise diligently; exercitatus, -a, -um well practiced
exiguus, -a, -um small
exilis, -e poor, meager
exortum, *see* exorior (4)
exorior (4), exortum to arise
expergiscor (3), -perrectum to awake
exstinctae, *see* extinguo (3)
extinguo (3), -nxi, -nctum to put out, extinguish
extrudo (3), -si, -sum to thrust out; to stick out
extrusit, *see* extrudo (3)
exuviae, -arum, *f.* plunder

F

facio (3), feci, factum to do
fallax, fallacis deceptive, deceitful
fallo (3), fefelli, falsum to deceive
falsiloquus, -a, -um speaking falsely, lying
fastigium, -ii, *n.* the top
fecit, *see* facio (3)
fenestra, -ae, *f.* window
fere nearly, almost
festinanter quickly
festino (1) to hurry
festive festively
festum, -i, *n.* the holiday; festum Christi natalicium Christmas
festus, -a, -um festive, holiday; arbor festa Christmas tree; dies festus the holiday
fidelis, -e trustworthy, loyal, reliable

fieri, *see* fio, fieri
filum, -i, *n.* thread, wire
fingo (3), finxi, fictum to fashion, make
finis, -is, *m.* end
fio, fieri, factum to happen
fleo (2), flevi, fletum to cry, weep
floreo (2), -ui to flourish
fluito (1) to float
focus, -i, *m.* hearth
fore, *see* sum, esse
fortasse perhaps
fragor, fragoris, *m.* noise, crashing, din
fraudulentus, -a, -um fraudulent
fraus, fraudis, *f.* cheating, deceit
fremo (3), -ui, -itum to growl, snarl
frigesco (3), frixi to become cold
frigidarius, -a, -um cooling; **armarium frigidarium** refrigerator
frons, frontis, *f.* forehead
frustra, in vain
fuisse, *see* sum, esse
fumariolum, -i, *n.* chimney
furtim stealthily
futurum, *see* sum, esse

G

gannio (4) to snarl, bark
gelidus, -a, -um cold
gero (3), gessi, gestum to wear; **se gerere** to behave oneself
gesserit, *see* gero (3)
Gordius, -a, -um Gordian; **nodus Gordius** the Gordian knot, a difficult problem
Grinchus, -i, *m.* the Grinch
guberno (1) to drive

H

habeo (2), -ui, -itum to have; **utut res ipsa sese habebat** in any case, whatever the reason
habito (1) to live
haereo (2), haesi, haesum to get stuck; to remain fixed
haesit, *see* haereo (2)
hamus, -i, *m.* hook
haud not at all
hic, haec, hoc this; **hice, haece, hoce** *original full form, which is more emphatic*
hio (1) to gape, to stand open

I

iam already; **iam iam** already now
ille, -a, -ud that
illic in that place, there
immensus, -a, -um huge
immortalis, -e immortal; **di immortales!** immortal gods!
impedio (4) to prevent
impono (3), imposui, impositum to impose; to put into
imposuit, *see* impono (3)
impudenter shamelessly
in in, into, on, onto; respecting, in regard to
incendo (3), -di, -sum to set on fire; **incensus, -a, -um** inflamed, burning, angry
incensus, *see* incendo (3)
incommodo (1) to inconvenience, trouble
induo (3), -ui, -utum to put on; **indutus, -a, -um** clothed
indutus, *see* induo (3)
infarcio (4), -si, -sum to stuff
inflo (1) to inflate, blow into; **maizia inflata** popcorn
infra below

ineo (4) to enter; **novam inire rationem** to get an idea
ingenium, -ii, *n.* genius
inimicitia, -ae, *f.* hostility
inquam *(no infinitive)* I say
inscius, -a, -um unknowing
instar, *n. (indeclinable)* image
instruo (3), -xi, -ctum to furnish, equip
instructus, *see* instruo (3)
intellego (3), -exi, -ectum to understand
intellexit, *see* intellego (3)
intueor (2), -itum to contemplate, look at with attention
invenio (4) to find
invidiosulus, -a, -um the little invidious one, the little envious one
ipse, -a, -um self
is, ea, id he, she, it
itaque and so
iunctis, *see* iungo (3)
iungo (3), -nxi, -nctum to join
iuvenis, -is, *adj.* young; **iuvenis, -is, *m./f.*** a young person, a youth

J

jucundus, -a, -um pleasant, delightful

L

labor, -oris, *m.* work
laboro (1) to suffer, be troubled with
laetabilis, -e joyful
laetitia, -ae, *f.* joy; **Laetitia, -ae, *f.*** Joy (*pro* Cindy-Lou)
Laetopolis, -is, *f.* Laetopolis, Joyful-ville (*pro* Who-ville)
Laetopolitanus, -a, -um, *adj.* Laetopolitan; **Laetopolitanus -i, *m.* / Laetopolitana, -ae, *f.*** one who dwells in Laetopolis (*pro* Who)
laetor (1) to rejoice
Laetulus -i, *m.* /**Laetula -ae, *f.*:** the little joyful one (*pro* Who); as family name: Joy, Joyful (*pro* Who)
laetus, -a, -um joyful
lamentor (1) to lament, weep
latruncularius, -a, -um of or belonging to checkers, chess; **abacus latruncularius** game-board, checkerboard
laus, laudis, *f.* praise
lectus, -i, *m.* bed
lectulus, -i, *m.* little bed
libens, -entis willing
licet (2), licui *and* licitum est it is permitted, it is lawful; **si per te mihi licuerit** if you permit me
licuerit, *see* licet (2)
ligna, -orum, *n.* wood, firewood, logs
locus, -i, *m.* place
locutus, *see* loquor (3)
longinquus, -a, -um far removed, far off; **e longinquo** from far off
longus, -a, -um long; **longe,** *adv.* a long way off, far
loquor (3), -cutum to speak
luceo (2), -xi to shine, be light
lucerna, -ae, *f.* light
lucernula, -ae, *f.* little light
ludicrum, -i, *n.* game
lumino (1) to light, illumine
lusorius, -a, -um of or belonging to a player, toy, play; **res lusoria,** *f.* toy; **sclopetum lusorium,** *n.* popgun
lustro (1) to wander through
lux, lucis, *f.* light; **prima luce** at dawn

M

magis, *see* magnus, -a, -um
magnus, -a, -um large, great; **maiores, -um,** *m.* adults; **magis,** *adv.* more; **maximus, -a, -um,** *superl. adj.* greatest; **maxime,** *superl. adv.* especially

maiores, *see* **magnus, -a, -um**
maizium, -ii, *n.* corn; **maizia inflata** popcorn
malefactor, -oris, *m.* malefactor, evildoer
malevolus, -a, -um spiteful, malevolent
malitiosus, -a, -um wicked, malicious
malum, -i, *n.* apple; **ab ovis usque ad mala** from the eggs all the way to the apples, i.e., from the beginning of the feast to the end; completely
maneo (2), -si, -sum to remain, stay
manus, -us, *f.* hand
Maxentius, -ii, *m.* Max; **Maxentius comes** old Max
maxime *see* **magnus, -a, -um**
maximo *see* **magnus, -a, -um**
medullitus from the heart
melodia, -ae, *f.* song, melody
melos, -i, *n.* song
mendacium, -ii, *n.* lie
mensa, -ae, *f.* table; **ad mensam** at table
mens, mentis, *f.* mind
mentior (4) to lie
meus, -a, -um my; **mea sententia**, *abl.* in my opinion
mica, -ae, *f.* crumb
milia, milium, *n.* thousand *(plural)*
minores, *see* **parvus, -a, -um**
mirabilis, -e wonderful, amazing; **mirabile dictu** wondrous to say
misellus, -a, -um poor, unfortunate
miser, -era, -erum unfortunate, wretched, sad
misereor (2), -itum to pity
modus, -i, *m.* way; (musical) measure, harmony, song
modulor (1) to sing
molestus, -a, -um irksome, annoying
molior (4) to set into motion, perpetrate, perform
momentum, -i, *n.* moment
mons, montis, *m.* mountain
montivagus, -a, -um mountain-wandering
mora, -ae, *f.* delay; **nec ulla mora** and without delay; **nulla mora** without delay
morigerulus, -a, -um, *dimin.* obedient, long-suffering, compliant
moveo (2), **movi, motum** to move; **caudam movere** *(of a dog)* to wag its tail
mox soon
multus, -a, -um much, great, many; **plus,** *compar. adv.* more
munus, -eris, *n.* gift, present
murmur, murmuris, *n.* murmur
mus, muris, *m./f.* mouse

N

nam for
nascor (3), **natum** to be born
nata, *see* **nascor (3)**
natalicius, -a, -um of or belonging to one's birthday; **arbor natalicia** Christmas tree; **festum Christi natalicium** Christmas
natalis, -is, *m.* birthday
ne . . . quidem not even
nec and not; **nec ulla mora** and without delay
nefandus, -a, -um abominable, execrable
negotium, -ii, *n.* business, undertaking, employment
nemo, neminis no one
nequaquam by no means
neque . . . neque . . . neque neither . . . nor . . . nor
nequeo (4) to be unable
Nicholaus, -i, *m.* Nicholas; **Sanctus Nicholaus** Saint Nicholas
nisi unless, except
nix, nivis, *f.* snow
nocturnus, -a, -um nocturnal
nodus, -i, *m.* knot; **Gordius nodus** the Gordian knot, a difficult problem

noli . . . rogare do not . . . ask
nomen, -inis, *n.* name; **nomine** by the name of, called
non not; **non tantum . . . sed etiam** not only . . . but also
noster, -stra, -strum our; **Grinchus noster** our friend the Grinch
novus, -a, -um new; **novam inire rationem** to get an idea
nox, noctis, *f.* night; **totum per diem et ad multam noctem** throughout the whole day and late into the night
nullus, -a, -um no; **nulla mora** without delay
nunc now

O

ob on account of
obmutesco (3), -tui to become speechless, silent
obscurus, -a, -um dark
obstupidus, -a, -um stupefied, amazed
occupo (1) to seize, take hold of; to employ
odi, odisse to hate
odiosus, -a, -um odious, unpleasant, hateful; **odiose,** *adv.* unpleasantly, hatefully
offendo (3), -di, -sum to meet, come upon
officina, -ae, *f.* workshop
olim once, once upon a time, formerly
omnino entirely, completely
omnis, -e all, everything; **omnes ad unum** everyone, everyone to the man; **procul omni dubio** far from all doubt, without doubt
onustus, -a, -um laden, loaded
oportet (2), -uit it is necessary; **me oportet** + *infin.* it is necessary for me to . . .
oppidulum, -i, *n.* little town
oppidum, -i, *n.* town
optume *(exclamation)* Excellent! Good! Great! **Ehem, optume** Ah, great!
opus mihi est + *abl.* I need . . .
ordo, ordinis, *m.* row, line; **ordine** in a row
ornamentum, -i, *n.* ornament, decoration, embellishment, trinket
os, oris, *n.* mouth
ovum, -i, *n.* egg; **ab ovis usque ad mala** from the eggs all the way to the apples; i.e., from the beginning of the feast to the end; completely

P

paene-ruinosus, -a, -um dilapidated
palumbes, -is, *m./f.* dove
paries, parietis, *m.* wall
paro (1) to make or get ready, to prepare; **paratus, -a, -um** ready
parvulus, -a, -um, *dimin.* little
parvus, -a, -um little; **minores, -um,** *m.* children, the young
patior (3), **passum** to put up with
pedetemptim gradually
pedirota, -ae, *f.* roller skate
pendeo (2), **pependi** to hang down, be suspended
per through; **si per te mihi licuerit** if you permit me
perfectis, *see* **perficio (3)**
perficio (3), -feci, -fectum to finish
perfidus, -a, -um perfidious, treacherous, dishonest
pergo (3), **perrexi, perrectum** to continue, proceed; **Perge!** Giddap!
perhorresco (3), -rui to have a great horror of; to dislike intensely
perhorruit, *see* **perhorresco (3)**
permulceo (2), -mulsi, -sum *and* -ctum to stroke
permulsit, *see* **permulceo (2)**
perspicio (3), -spexi, -spectum to perceive, envisage
persuadeo (2), -si, -sum to persuade
persuasit, *see* **persuadeo (2)**
perturbo (1) to disturb; **perturbatus, -a, um** disturbed, upset, troubled

es, pedis, *m.* foot

pictura, -ae, *f.* picture

pinguis, -e fat, fertile; **somnus pinguis** deep sleep

placeo (2), -ui, -itum to please

plangor, plangoris, *m.* lamentation

plenus, -a, -um full; **somnus plenus** deep sleep

ploro (1) to weep, cry, wail

plumbeus, -a, -um leaden, without feeling

plus, *see* multus, -a, -um

pocillum, -i, *n.* little cup

polus, -i, *m.* heaven

pondero (1) to ponder, think over

pono (3), posui, positum to put, place

posita, *see* pono (3)

positam, *see* pono (3)

possum, posse, potui to be able

post after

postea afterwards

posterus, -a, -um next, following; **ad postremum** at last, finally

postquam after

potuerat, *see* possum, posse

potuit, *see* possum, posse

praebeo (2), -ui, -itum to offer; **aures praebere** to offer one's ears, to listen intently

praeda, -ae, *f.* plunder

praeopto (1) to prefer

praestigiae, -arum, *f.* sleight of hand, legerdemain, illusion

praeter except

pratum, -i, *n.* field, meadow

prehensam, *see* prehendo (3)

prehendo (3), -di, -sum to seize

premo (3), -essi, -essum to weigh down, to overwhelm

pridie on the day before

primulus, -a, -um first; **primulum**, *adv.* first, at first

primus, -a, -um first; **prima luce** at dawn, daybreak; **primo** at first

pro certo for certain

pro dolor alas, unfortunately

proclivis, -e ready, prone; **in proclivi** easy

procul far; **procul dubio** far from doubt, without doubt; **procul omni dubio** far from all doubt, without doubt

proficiscor (3), -fectum to originate, proceed

propositum, -i, *n.* plan, intention

prorsus, *adv.* absolutely, utterly

protinus, *adv.* immediately

prunum, -i, *n.* plum

psallo (3), -i to sing

puella, -ae, *f.* girl

puellula, -ae, *f.* little girl

puellus, -i, *m.* little boy

Q

quaero (3), -sivi/-ii, -situm to seek

quaesitum, *see* quaero (3)

quaeso (3), -ivi/-ii to entreat, pray, beg

quaestuosus, -a, -um lucrative, profitable

qualis, -e, *pron. adj.* of what sort, of such a kind, such as

quam + *superl. adj.* as ... as possible; **quam celerrime** as quickly as possible; **quam maxime** as greatly as possible

quantopere how greatly, very greatly

quantus, -a, -um how great

quare why

quasi as if, as it were

quemque, *see* unus quisque

qui, quae, quod, *rel. pron.* who, what; *interrog. adj.* what, what a

quia because

quid, *see* quis

quidam, quaedam, quoddam, *indef. adj.* a certain; **quidam, quaedam, quiddam**, *indef. pron.* a certain one

quidem indeed, at least; **ne ... quidem** not even

quietus, -a, -um quiet

quin but that, from

quinquagesimus, -a, -um fiftieth

quis, quid, *interrog. pron.* who, what

quisquam, quaequam, quidquam, *indef. pron.* anyone, anything

quo by how much; **quo ... eo ...** by how much ... by so much

quomodo how

quondam once, formerly

R

rapina, -ae, *f.* theft, robbery, pillaging

rapio (3), -pui, -ptum to seize and carry off

raptas, *see* rapio (3)

raptis, *see* rapio (3)

rapturum, *see* rapio (3)

ratio, -onis, *f.* reckoning, calculation, plan; **novam inire rationem** to get an idea

reboo (1) to resound, echo back

recipio (3), -cepi, -ceptum to take back, recover; **se recipere** to betake one's self

recepit, *see* recipio (3)

recreo (1) to make anew, restore

redeo (4) to go back, return

refectum, *see* reficio (3)

reficio (3), -feci, -fectum to make anew, fix

relinquo (3), -liqui, -lictum to leave

reliqui, *see* relinquo (3)

reliquit, *see* relinquo (3)

remaneo (2), -mansi to remain

remanserunt, *see* remaneo (2)

reporto (1) to carry back, bring back

reputo (1) to reflect upon, mull over, brood over

res, rei, *f.* thing; **res lusoria** toy; **utut res ipsa sese habet** in any case; whatever the reason

resarcio (4), *(no perf.)*, -sartum to repair, restore

resarta, *see* resarcio (4)

resartum, *see* resarcio (4)

respuo (3), -ui to reject, repudiate, disapprove

restauro (1) to restore

retorqueo (2), -si, -tum to twist back; **se retorquere** to turn (oneself) around

retorsit, *see* retorqueo (2)

ridibundus, -a, -um laughing

rogo (1) to ask

ruber, -bra, -brum red

Rumor, -oris, *m.* Rumor (cf. *Fama,* Verg. *Aen.* 4.176)

S

saccus, -i, *m.* sack

sagina, -ae, *f.* feasting

sagino (1) to feast

Sanctus, -a, -um Saint

sano (1) to heal

sat enough; **sat bene** well enough

scelestus, -a, -um wicked, abominable

scio (4) to know

seco (1), -cui, -ctum to cut

sed but; **non tantum ... sed etiam** not only ... but also

sedeo (2), sedi, sessum to sit

sedulus, -a, -um careful, busy, zealous; **sedulo**, *adv.* eagerly, busily, zealously

semel once

semi-coctus, -a, -um *(of meat)* rare

senex, senis, *m./f.* an aged person, an old man, woman

sensim gradually

sententia, -ae, *f.* opinion; **mea sententia** in my opinion

septentriones, -um, *m.* the north
sequor (3), secutum to follow
series, *(no gen./dat.),* **-em, -e,** *f.* series
serta, -orum, *n.* wreaths, garlands
sessuros, *see* **sedeo (2)**
si if
sic thus
sino (3), sivi, situm to allow; **situs, -a, -um** placed, situated, located
sitam, *see* **sino (3)**
sito, *see* **sino (3)**
sive . . . sive whether . . . or
soleo (2), -itum to be accustomed
sollers, -tis clever
solvo (3), solvi, solutum to solve
somnio (1) to dream
somnium, -ii, *n.* dream
somnus, -i, *m.* sleep; **somnus pinguis** deep sleep; **somnus plenus** deep, full sleep
sonitus, -us, *m.* sound, noise, din
sono (3), -ui, -itum to sound, resound
sopio (4) to put or lull to sleep
spelunca, -ae, *f.* cave
sperno (3), sprevi, spretum to scorn, reject
splendeo (2) to shine
spolium, -ii, *n.* spoil, plunder, booty
statim immediately
stipo (1) to crowd or press together
sto (1), steti, statum to stand
strepitus, -us, *m.* noise, din, clashing, crashing
stridor, -oris, *m.* creaking, hissing, whizzing, whistling
stupeo (2), -ui to be struck senseless; to be amazed, stupefied
subito suddenly
sublatis, *see* **tollo (3)**
subrideo (2), -si to smile
subrisit, *see* **subrideo (2)**
sui, sibi, se/sese, se/sese, *pron. of third person in recipr. and reflex. sense* himself, herself, itself; he, she, it; **secum** with himself, with him
sum, esse, fui to be; **fore,** *fut. inf.* to be, about to be; **futurus, -a, -um,** *fut. part.* about to be
summo, *see* **superus, -a, -um**
sumptuosus, -a, -um sumptuous, lavish
suo (3), sui, sutum to sew
superus, -a, -um upper, higher; **summus, -a, -um,** *superl.* uppermost, highest
surgo (3), -rexi, -rectum to get up
surrexisset, *see* **surgo (3)**
surripio (3), -ripui, -reptum to snatch or take away
surripuit, *see* **surripio (3)**
sursum upwards
suspendo (3), -di, -sum to hang up
suspirium, -ii, *n.* sigh
susurro (1) to whisper
suus, -a, -um, *third person poss. adj.* his own, her own, its own; his, her, its

T

taceo (2), -cui, -citum to be silent
taenia, -ae, *f.* ribbon
talis, -e such
tam so
tandem at last, finally
tantum, *adv.* only; **non tantum . . . sed etiam** not only . . . but also
tarandrinus, -a, -um of a reindeer
tarandrus, -i, *m.* reindeer
tectum, -i, *n.* roof

tegumentum, -i, *n.* wrapping
tempus, -oris, *n.* time
tenebrosus, -a, -um dark
tenus, *prep. + abl.* as far as
tero (3), trivi, tritum to wear away
tertius, -a, -um third
tibiale, -is, *n.* stocking
tinnio (4) to ring, tinkle, jingle
tintinnabulum, -i, *n.* a bell
tollo (3), sustuli, sublatum to take away, remove
totus, -a, -um whole
traha, -ae, *f.* sleigh
traho (3), -xi, -ctum to draw, drag
tranquillus, -a, -um quiet, calm
trepidatio, -onis, *f.* agitation, consternation
tres, tria three
trirota, -ae, *f.* tricycle
tritos, *see* **tero (3)**
trudo (3), -si, -sum to thrust, push, shove
trusit, *see* **trudo (3)**
tum then
tumultuosus, -a, -um tumultuous, turbulent
tumultus, -us, *m.* uproar
tunc then
turba, -ae, *f.* turmoil, uproar, commotion
tympanum, -i, *n.* drum

U

ubi where
ullus, -a, -um any; **nec ulla mora** without delay
ululo (1) to howl, shriek, cry out
una, *see* **unus, -a, -um**
unus, -a, -um one; **una,** *adv.* together
unus quisque, unum quidque, *indef. pron. (emphatic)* each one, every last one
urbs, urbis, *f.* city
usque, *adv.* all the way
ut, *conj.* that, in order that/to, to . . . , (with the result) that; *adv.* like, as; **fore ut** to be about to be that; **fieri potest ut** it can happen that
utut, *adv.* however; **utut res ipsa sese habet** in any case, whatever the reason

V

vacuus, -a, -um empty
valde, *see* **validus, -a, -um**
validus, -a, -um strong, powerful; **valde,** *intens. adv.* strongly, really, a lot
valles/is, -is, *f.* valley
vaticinor (1) to foretell
vehemens, -entis very eager, violent; **vehementer** vehemently, violently, eagerly; **vehementius,** *compar. adv.* more vehemently
vehes, -is, *f.* carriage, wagon, cart, sleigh
vehiculum, -i, *n.* vehicle, means of transportation
verisimile, -e likely
versor (1), + in + *abl.* to be engaged in, busy in, occupied in
versus, *adv.* towards
versutus, -a, -um shrewd, cunning, sly, clever
vertex, -icis, *m.* top, peak, summit
vestimentum, -i, *n.* clothing, garment
vetus, veteris old
vexo (1) to trouble, plague
viscum, -i, *n.* mistletoe
vix scarcely
vox, vocis, *f.* voice

ABOUT THE TRANSLATORS

Jennifer Morrish Tunberg (Ph.D., History, University of Oxford) has held faculty positions in Medieval Studies in Canada and Belgium. She teaches Classics in the Honors Program at the University of Kentucky in Lexington. Her research interests are Neo-Latin and Ancient, Medieval, and Renaissance literatures.

Terence O. Tunberg (Ph.D., Classical Philology, University of Toronto) is an Associate Professor of Classics and teaches in the Honors Program at the University of Kentucky in Lexington. He has held faculty positions in Classics in Canada, the U.S.A., and Belgium. His research interests include Latin prose style, and Medieval and Neo-Latin. Dr. Tunberg founded the electronic Latin journal, *Retiarius*, and conducts seminars every summer in the active use of Latin.

ABOUT THE TRANSLATION

Jennifer and Terence Tunberg considered it a creative challenge to render in another language the flawless and seemingly effortless verbal pyrotechnics Theodor Geisel (Dr. Seuss) achieved in English. The rich resources of both the Latin language and its tradition down to present times made the challenge particularly welcome to them. Their goal was to produce whenever possible effects in Latin equivalent to Seuss English. Their translation is in "rhythmic prose"—sprinkled liberally with rhyme, repetition, alliteration, colloquialisms, and wordplay. The Tunbergs hope that readers will regard this translation not as a novelty, but rather as a sign that Latin continues to be a living language and not just a venerable relic of the race who wore the toga.